Un Dernier Stock

de quelques phrases en circulation

Par E. VIVIER

Nice. — Imprimerie J. VENTRE et Cⁱᵉ, place de la Préfecture, 1

DÉDIÉ A MON ÉDITEUR ET MON AMI, M. J. VENTRE

Un Dernier Stock

de quelques phrases en circulation

Vous avez tort d'en rire ; c'est plus sérieux que vous ne pensez.

_____

Comment, vous le saviez et vous ne nous en disiez rien !

Il a fait pour le mieux ; il n'a pas réussi, c'est vrai ; mais nous devons lui tenir compte et le remercier de sa bonne intention.

———————

Oh pour l'usage que je veux en faire... .

Tenez, regardez-moi ; regardez... Voilà le cas
que je fais de vos observations.

Il faut croire que le voisinage exerce une certaine
influence sur lui : Nous habitons près du lycée, et
notre perroquet crie souvent : *A bas les prêtres, à bas
les prêtres.*

Ne l'écoutez pas, c'est un hâbleur : il est connu pour ça.

———

Si vous croyez que ça m'inquiète : vous vous trompez bien.

Il ne me donne aucun avis, ne me prescrit aucune ordonnance, mais chaque jour il vient me voir. Laissons agir la nature, me dit-il, en ajoutant : « Votre indisposition ne sera pas de longue durée ». Le lendemain : « Ressentez-vous un peu de mieux ? », — Oui, docteur, un peu. Et plus tard : « Le mieux a-t-il continué ? » — Oui, docteur. Plus tard encore : « Et comment ça va-t-il aujourd'hui ? » — Très bien, très bien, très bien. — « Quand je vous le disais, qu'il fallait laisser agir la nature ».

C'est triste à dire ; mais c'est comme ça.

C'est une vraie foire aux embûches qui se tient dans cette maison-là. Pendant le repas, au dessert surtout ; billets de concerts, billets de loterie, listes de souscription : On ne m'y reprendra plus.

Après mille hésitations, il a fini par prendre son courage à deux mains et son parti en brave : il se marie.

———————

Autrement, ce serait un très bon ouvrier.

Eh bien, comme vous voyez, je ne m'en porte pas plus mal.

———————

Vous vous y mettrez facilement, c'est un simple apprentissage à faire.

Ah, vous me connaissez bien mal, si vous avez
pensé cela de moi.

Qu'il ne s'en prenne qu'à lui-même : c'est bien
lui qui l'a voulu.

Il faut être bien habile, si l'on peut en attraper un, quand on court deux lièvres à la fois.

Je veux être pendu, si ce que je vous dis là, n'est pas l'exacte vérité.

On se donne un mal infini pour arriver à quoi, je vous le demande.

_____

Je ne lui demanderais pas l'adresse de son professeur d'écriture ; voyez vous-même, si vous pouvez déchiffrer un seul mot de sa lettre ; je ne sais par quel bout la prendre.

Les voilà donc revenues ces *bonnes manches à gigot,* du bon vieux temps de notre enfance. Comme ça vieillit les femmes, mais comme ça rajeunit les vieux.

————————

Que dites-vous de cette intolérance du *Libre penseur* qui exige toujours qu'on pense comme lui ?

Il se met joliment le doigt dans l'œil, s'il s'imagine que çà va se passer comme ça.

———————

Prise en faute, elle vous soutiendrait sur les cendres de sa mère, que vous vous trompez : elles sont toutes comme ça.

L'aîné a désiré se faire soldat, il est soldat. Le plus jeune montrait des dispositions pour l'état ecclésiastique, il est au grand séminaire. Quant à ma fille, elle choisira selon son cœur. C'est une résolution que nous avons prise, ma femme et moi, de ne jamais contrarier leurs penchants.

Ce n'est pas pour notre plaisir ; croyez-le bien.

Si nous passions à un autre exercice ; qu'en
dites-vous ?

Mais aussi, que diable allait-il y faire !

Oh c'est bien pour ne pas vous laisser en aller, car nous y perdons.

Allons, voyons ; en finirez-vous, à la fin.

Je n'invente rien, je vous assure ; c'est comme je vous le dis.

Soyez tranquille ; il ne l'emportera pas en Paradis.

───────

Il était si facile cependant, de s'expliquer, de s'entendre...

───────

Elle a su le prendre, voilà tout.

Je n'entre jamais dans ce tripot-là ; ça m'ennuie-rait de perdre, et je n'ai nul besoin de gagner.

A cette petite fête, le Président de la République a paru s'amuser beaucoup, c'est la première fois, disait-on, qu'on l'avait vu sourire.

Ne me doutant pas, Monsieur, que vous étiez comme moi, un étranger, j'allais vous adresser la même demande, car nous cherchons, vous et moi, la même rue. A cette heure matinale, personne pour nous renseigner ; voulez-vous que nous cherchions ensemble? A deux, il nous sera peut-être plus facile de la découvrir : Quelle curieuse coïncidence, n'est-ce pas, Monsieur.

Je ne la mets plus ; regarde ma chère dans quel
état... mais ma femme de chambre s'en arrangera bien.

———

Quant à moi ; impossible, impossible ; il faut
que je me lève quand je ne dors plus.

Oh ! toutes ces têtes qui émergent de l'eau, dans la baie des Anges, voyez donc ; c'est une troupe de marsouins engagés pour rehausser l'éclat des fêtes du Carnaval : Le comité fait bien les choses.

———————

Ce qu'il veut, il le veut bien, allez.

Comptez Monsieur, comptez ; je peux vous avoir donné plus, comme je peux aussi vous avoir donné moins : Cela m'arrive assez souvent.

———————

A toi, c'est possible, ma chère Hélène ; mais à moi, aucun, aucun, aucun ; il ne me fait pas l'effet d'un homme.

Allons du courage, mon brave ami. J'ai vu souvent la mort, moi qui vous parle et me voilà tout
prêt à l'affronter de nouveau, à la tête de mon régi-
ment. C'est le septième jour, aujourd'hui, vous avez
encore demain ; et puis si c'est écrit, que voulez-
vous faire. Du courage, du courage ; adieu.

Franchement je vous dis ; je n'y tiens pas, je n'y tiens pas du tout.

Prenez donc l'habitude d'être exact : ça doit vous être d'autant plus facile que vous n'avez jamais rien à faire.

A la maison, ça reste entre nous ; mais dans le monde, c'est différent ; je crains toujours qu'on ne la comprenne pas, qu'elle ne laisse surtout échapper quelques *indiscrétions* : Aussi me voyez-vous souvent m'approcher d'elle, et lui dire : « Eh bien, ma bonne amie, il faut songer au départ ».

Vos initiales, seulement : ici... là... encore ici... encore là... encore par ici... encore par là... votre plume est mauvaise, tenez, prenez la mienne. Maintenant, là, votre nom en toutes lettres... Quelle heure est-il ? C'est trop tard, le bureau de l'enregistrement est fermé: Demain, et aussi pour la légalisation des signatures ; ensuite au greffe et chez le juge de paix ; et nous aurons ainsi notre dossier tout-à-fait en règle ; c'est-à-dire, non ; il nous manque votre extrait de naissance et celui de votre mariage : deux actes des plus importants ; n'oubliez pas de nous les apporter.

Ce n'est pas que nous n'ayons en vous une entière confiance, Monsieur, veuillez bien le croire; mais si vous désirez garder la note afin de la vérifier, permettez que j'enlève l'*acquit* : c'est plus régulier comme ça.

———

Vous l'avez dans la main et vous me la laissez chercher partout ; quel homme distrait vous faites.

Cette place est gardée, Madame, celle-ci aussi et celle-là, c'est la mienne ; mais, comme vous semblez peut-être en douter, et malgré qu'on doive toujours rester debout quand on a l'honneur de parler à une dame ; je vais prendre la permission de m'asseoir, pour vous en convaincre.

Oh mon cher, ne m'interrogez pas là-dessus ;
je suis brouillé avec toutes le dates.

———

Votre oncle était complètement aveugle, n'est-ce
pas ; eh bien, c'est bête ce que vous me dites là,
que vous êtes arrivé trop tard pour lui fermer les
yeux.

Je veux bien vous le dire ; mais que ça reste entre nous.

———————

J'avais si bien combiné la chose, que je n'ai pas douté un seul instant de sa réussite.

L'entracte est encore plus long que le programme ;
au diable les concerts, je m'en vais.

Vous avez raison : à se visiter rarement, entre
amis, on se voit avec plus de plaisir.

Regardons à nos montres pour savoir le temps que nous allons mettre.

———

Ils ne la garderont pas, vous verrez ; ils n'en gardent aucune.

Ce n'est chez lui ni paresse, ni oubli, ne croyez pas ça : c'est tout simplement de la négligence, croyez-moi.

———————

Un blâme comme d'abus ! Rien ne prête à plaisanterie comme le prononcé de cette condamnation qui fait pouffer de rire ceux qui en sont l'objet.

N'est-ce pas que c'est agréable, à la douce fraîcheur d'une matinée, tout en observant dans la rue... le parfum d'une bonne pipe, le matin en se levant.

———

Il faut pourtant nous décider à prendre un parti, que diable.

Quand je songerais parfois à me faire belle aussi, pour les autres, vilain jaloux ; où est le mal, où voyez-vous là quelque chose d'extraordinaire ; le Pape lui-même tient à ce qu'on l'admire ; et vous donc, sans vouloir vous offenser, n'y songez-vous pas ?

C'est peu, mais c'est toujours ça.

―――――

Je ne demande pas mieux, mais comment faire ?

―――――

Laissons, laissons cela, je vous en prie, ce n'est pas le moment ; nous y reviendrons plus tard.

Oh que c'est drôle, le vote par *mains levées* ; il en est plus d'un qui se trompe, comme à *pigeon vole*.

———

Où donc me suis-je sali les mains comme ça ? Je ne suis pas sorti ; il n'est venu personne ; je n'y comprends rien.

Toucher à ce dépôt, nous ! Vous nous donnez
là un bien joli conseil, vous pouvez vous en vanter ;
mais nous préférerions cent fois, mille fois, nous
laisser mourir de faim, entendez-vous. Un dépôt !
une chose sacrée confiée à nos soins ! Nous poussons
à ce point la discrétion, que nous n'osons pas même
nous rappeler où nous l'avons placé dans la maison.
Un dépôt, y pensez-vous !

C'est la troisième année que je le porte tous les jours ; regardez, il est encore tout neuf. Oh je suis très content de ce tailleur.là.

Toutes mes excuses, de vous faire entrer ici, dans mon cabinet de travail ; nous avons bien un salon, mais nous ne l'ouvrons que les jours où nous recevons du monde.

Vous êtes bon, vous, de croire qu'avec lui on peut faire ce qu'on veut.

————

Il vient toujours à l'heure où nous nous mettons à table ; croît-il peut-être... Oh, ma foi non, par. exemple ; il ne m'a jamais invité chez lui.

Que nous nous voyons un peu, voyons mon ami,
maintenant que la session de la Chambre est close,
et que vous allez moins voyager.

———

Comment, comment ; il faut que nous prenions
encore cette peine-là pour lui !

C'est donc une manie que vous avez de vous cacher derrière une porte, d'en sortir tout-à-coup, en poussant un cri formidable, pour faire peur aux enfants ? Comme c'est spirituel ! Convenez-en.

———

J'ai sa promesse... C'est bien, je crois, tout ce que je dois attendre de lui ; je le crains.

Jamais il n'a tant toussé, mais il se donne à lui-même du courage : « Allons, je tousse moins aujourd'hui ».

C'est que vois-tu, ma bonne amie, ce n'est pas aussi facile que tu crois, de monter à la tribune et d'improviser : fais-moi réciter encore, veux-tu ?

Ce n'est qu'à cette condition, que nous pouvons joindre les deux bouts.

———

C'est la fatálité qui s'en mêle, ma parole d'honneur !

La voilà, la bosse de la musique ; là, là, sur votre front, à la place où je pose le doigt ; le sentez-vous ? Eh bien vous ne l'avez pas.

———————

Vous ne nous en voudrez pas ; nous vous avons prévenu que c'était à la fortune du pot. C'est moins restaurant, mais c'est plus amical... A votre santé, cher ami.

Ça prête beaucoup, Madame ; vous pouvez sans crainte, le tirer, l'allonger tant qu'il vous plaira ; rien de plus élastique : tout les jours on nous en fait compliments.

On croirait à l'écouter, qu'il est le premier moutardier du pape.

Rien n'est plus amusant que de les entendre se déchirer l'un et l'autre, ces deux bons amis.

———————

Hé mon Dieu, vous savez, sans être ce qu'on appelle riches, nous avons à peu près ce qu'il nous faut, sans demander rien à personne.

Son désespoir faisait mal à voir, je vous assure.

———

Mais maman, si je viens m'asseoir près de vous, sur cette troisième banquette, personne ne songera à venir m'inviter : c'est trop loin du bal.

C'est un miracle ; tout autre à sa place se serait cassé le cou.

Les syndicats, les syndicats foisonnent de tous les côtés ; aussi ne s'est-on jamais autant disputé qu'aujourd'hui.

Je veux bien patienter, ne rien dire ; mais il y a trop longtemps que cela dure ; vous comprenez.

————

Est-ce que c'est parce que tout est *encore* à la Russe, que vous me servez, garçon, mon déjeuner tout froid ?

Il faut avouer que j'ai de la chance, car je n'espé-
rais pas le moins du monde vous trouver chez vous ;
vous sachant toujours sorti à cette heure-là.

———————

Ici, nous sommes sûrs de ne pas le manquer ;
c'est le seul chemin qu'il doit prendre.

C'est peut-être un peu trop tôt de nous réjouir :
l'affaire n'est pas encore dans le sac.

« Il est regrettable dans l'intérêt de votre avance-
ment, m'a dit mon directeur général, que l'inspection
des finances ait relevé quelques lacunes, dans la ges-
tion de votre comptabilité ».

Il gardait son sérieux, lui, cadet ; un sérieux imperturbable ; ce n'est qu'à cette condition, du reste, qu'on fait rire les autres. Comme nous nous sommes amusés à sa première conférence : nous en rions encore.

———

Tenez pour sûr et certain qu'il le fera comme il le dit.

Que voulez-vous lui donner ?... Il brise tout. Donnez-lui ce que vous voudrez ; mais pas de trompette, par exemple, un petit cheval à mécanique, peut-être.

———

C'est une bien belle épreuve, comme couleurs et dans tous ses détails... mais la ressemblance...

Il ne sait qu'inventer cet être-là, pour nous être désagréable.

————

Que veux-tu, ma bonne amie, c'est un petit malheur ; ce n'est guère plus amusant pour moi que pour toi ; mais il le faut : nous avons accepté chez eux, comment faire autrement.

8

Il n'a pas l'air d'y toucher, mais comme le chat qui tourne autour, il n'attend qu'un moment propice pour sauter dessus.

Allez, allez, allez, allez voir ça ; ça en vaut la peine.

Tu ne t'occupes que de Gustave, ma chère amie, quand tu as là, près de toi, cependant, un vieux beau très riche qui te fait la cour.

Je veux bien chercher encore, mais je suis intimement convaincu de vous l'avoir rendu.

Cela n'empêche pas qu'ils peuvent avoir de très beaux enfants. Tenez, voyez le petit garçon de ma belle-sœur, est-il joli, gentil et ravissant ; sa mère est très laide cependant, et le père donc !

———

Je vous disais... qu'est-ce que je vous disais ?... je vous disais... Ma foi je ne me rappelle plus... ça me reviendra.

Hé, dites donc ? vous voilà bien avancé maintenant !

C'est vrai, c'est malheureux, j'en conviens ; mais s'il fallait s'apitoyer sur le sort de chacun, on n'en finirait pas.

Oh non, de ce côté-là, nous sommes bien tranquilles.

———

Moi ? Très bien, très bien, très bien, je ne me suis jamais aussi bien porté, merci ; mais c'est à vous qu'il faut le demander.

Je m'imaginais qu'avec le temps... Mais elles sont terribles à cet âge-là.

———

Adressez-vous à lui, il fait la pluie et le beau temps dans cette maison, je vous le répète.

Lui ! vous ne le connaissez pas, il n'en ferait qu'une bouchée !!

Tout ce qui se passe vous étonne et vous afflige ; eh bien moi, c'est tout le contraire, ça me donne envie de rire.

Dans ces conditions-là, mon brave homme, nous ne ferons jamais d'affaires ensemble.

———

Avec toutes ces plumes sur leurs chapeaux, on s'attend toujours à les voir s'envoler.

9

Ce serait bien malheureux pour nous, si nous étions obligés d'en venir-là.

————

Habillées pareillement, on dirait les deux sœurs, la mère et la fille ; très coquette la maman.

Ma femme et moi, nous nous sommes rappelés ce matin seulement que nous étions encore en très grand deuil pour un mois ; et j'allais vous prévenir que nous remettions vers cette époque, notre petite fête à la campagne, à laquelle, nous l'espérons bien, vous ne manquerez pas : ça sera très gai.

C'est ça, vous n'êtes pas difficile, vous, vous voudriez voir les cailles, toutes rôties, tomber dans votre assiette.

———

Je vous demande un peu si cela valait la peine de nous déranger.

Jamais ! jamais ! Retenez bien ce que je dis là :
Jamais, jamais, jamais !

Ça fouette le sang, vous savez ; on dort peut-être
un peu moins, c'est vrai, mais les idées sont plus
claires ; Voltaire ne s'en privait pas, lui. Ça fouette le
sang, vous savez.

Mais ma bonne amie, je te mènerai au Hâvre quand tu voudras ; je croyais que tu avais déjà vu la mer avant notre mariage. C'est Trouville que tu préfères, me dis-tu ; eh bien soit, nous irons à Trouville.

————————

Nous l'aurions préféré certainement ; nous avons déjà trois filles, ça commence à compter.

Nous tenions tant à vous avoir, que nous nous sommes bien gardés de vous dire que nous l'avions invité et qu'il serait des nôtres ; vous ne seriez pas venu.

———————

Je n'ai pas, comme lui, 25 francs à dépenser par jour à ne rien faire.

Eh bien, si nous vous avions écouté, nous serions dans de jolis draps, aujourd'hui.

C'est inutile, nous ne vous laisserons pas partir ce soir, à moins que vous nous donniez votre parole de revenir le jour de la fête patronale de notre petit endroit.

Ah ! vous vous découragez facilement, vous ;
nous n'avons plus qu'un petit pont à passer et nous
y sommes.

———————

Nous ne pouvons pas faire autrement que de
l'inviter, nous serions treize.

Il pleut à verse, le cheval est très fatigué ; mais malgré ça, nous pourrions faire atteler la cariole ; vous n'êtes, il est vrai, qu'à une heure de chez vous tout au plus et justement nous n'avons pas un seul parapluie à vous offrir.

———————

C'est inutile que je lui demande ce que vous désirez, je sais d'avance ce qu'il va me répondre.

Nous portons le même nom, mais aucun lien de parenté n'existe entre nous.

Vous verrez que ce sera encore un américain qui découvrira la direction des ballons.

Laissez-le, laissez-le, n'ayez pas l'air de le plaindre, c'est un caprice ; on ne lui a rien fait, laissez-le, ne vous en occupez plus.

———————

Nous sommes à nous demander si nous irons, ou si nous n'irons pas.

Sa manière de marcher, de relever élégamment sa robe, plus encore que son gracieux visage, attirent sur elle l'attention, ne trouvez-vous pas ?

————————

Et c'est au lycée, mon petit garçon, qu'on vous apprend d'aussi jolies choses ?

Sa manière de marcher, de relever élégamment sa robe, plus encore que son gracieux visage, attirent sur elle l'attention, ne trouvez-vous pas ?

———————

Et c'est au lycée, mon petit garçon, qu'on vous apprend d'aussi jolies choses ?

Quelles imprudentes de dévorer ainsi, à belles
dents, ces petites pommes vertes... Oh les femmes,
quels enfants!..

———————

Il faut s'y prendre d'avance, c'est une pièce
d'Alexandre Dumas.

Vous aviez retourné le roi, le roi de cœur, rappelez-vous ; oh c'est bien à moi... rappelez-vous... vous vous rappelez maintenant. Tenez, coupez.

———————

C'est bien souvent ceux qui courent en criant : *au voleur, au voleur !* qu'on devrait arrêter.

Avez-vous entendu ce coup de tonnerre, cette nuit, j'ai cru que toute la maison s'écroulait. Il a dû tomber quelque part, tout près de chez nous : nous allons savoir ça ce matin.

———————

Deux mers se communiquent, et Lesseps, en prison, ne communique avec personne.

On sait que vous n'avez pas d'enfants ; si vous
le mettez à sécher au soleil sur votre balcon, savez-
vous ce qu'on pensera ?

Comment pouvez-vous vous amuser à faire souf-
frir cette pauvre bête : qu'est-ce qu'elle vous a fait ?

Je vais chez de bons amis, à la campagne :
voilà tout mon bagage, il n'est guère lourd comme
vous voyez ; c'est pour ne pas les épouvanter.

———————

On en meurt tout de même ; mais on a découvert
le microbe de cette maladie.

Tout lui réussit, il a, dernièrement encore, fait un héritage : c'est à désirer de naître, comme lui, enfant naturel.

———

Il en est question, mais c'est subordonné à tant de choses.

C'est vrai, vous avez raison, c'est exact, parfaitement exact ; tous les torts sont de son côté, dans cette affaire-là. Je suis son ami, mais vous voyez, je ne le défends pas, et je ne me suis guère gêné pour lui adresser, moi-même, tous les reproches qu'il mérite ; et cela, pas plus tard que ce matin.

A peine un mois qu'il a perdu sa femme ; mais je ne lui en parlerai pas, ça la lui rappellerait.

————

Cela va sans doute vous empêcher de vous y rendre ; mais je me dois de vous prévenir que c'est un pique-nique et non une invitation, comme vous semblez le penser.

Quelle excellente nouvelle nous recevons là,
n'est-ce pas ma bonne amie ? Nos chers enfants se-
ront près de nous, ce soir... On s'aime encore plus
dans la joie... Tiens, laisse-moi t'embrasser.

———————

Je ne comprends pas ces fiertés là : Ça vous
coûtait donc bien de serrer la main à ce brave ouvrier qui vous faisait l'honneur de vous tendre la
sienne.

Parmi le monde qui s'affectionne, les hebdomadaires ont été créés dans le seul but de ne voir ses amis que tous les huit jours ; c'est bien suffisant.

———

N'essuyez pas le couteau après votre serviette : le jus de la pêche ne s'en va pas, même à la lessive.

Elle est insupportable, et ne dit que de travers, toujours : ce qui m'irrite au dernier point. De temps en temps je me vois obligé de lui donner raison ; je m'imagine alors que c'est vrai, et cela me rend de moins mauvaise humeur contre elle ; hélas, c'est une illusion qui s'efface bientôt , et nos querelles recommencent.

Qu'il souffre tant qu'il voudra, mais qu'il n'en fasse pas pâtir les autres. C'est ennuyeux à la fin, d'entendre quelqu'un se plaindre du matin au soir, et surtout du soir au matin, quand on a bien envie de dormir.

Nous ne voulons rien avoir à démêler avec ces gens-là.

Pendant le jour, en entendant ces cris : *A l'assassin, à l'assassin !* je serais descendu dans la rue m'informer, porter secours ; mais la nuit, déranger tout le monde, effrayer les enfants ; au risque peut-être de recevoir un mauvais coup, j'ai préféré rester tranquillement dans mon lit : n'en auriez-vous pas fait autant ?

Nous nous rencontrerions nez à nez, que nous ne nous reconnaîtrions plus : il y a si longtemps que nous ne nous sommes vus : pensez donc.

————

C'est déplaisant que la mort de nos chers parents s'appelle des *espérances*.

Est-ce qu'on sait, mon ami ; nous sommes là aujourd'hui... où serons-nous demain ?

———————

Je vous le dicte alors, lettre par lettre, si vous ne savez pas l'écrire :

S H A K S P E A R E

Restez, restez donc, mon ami ; nous n'avons plus de secrets à nous dire, après six mois de mariage.

———

Que faire avec des gens qui ne veulent rien entendre.

Ça saute aux yeux : Comment, vous ne vous en êtes pas aperçu ?

———————

J'arriverai bien plus vite par ce chemin-là ; c'est le plus long, de beaucoup plus long que l'autre ; mais il est moins encombré.

Tout ça se paye, allez, tôt ou tard, croyez-moi.

————

Je ne sais pas pourquoi... je cherche... on m'aura desservi, j'en suis sûr, auprès d'eux... un ami... peut-être celui que j'ai présenté dernièrement ; c'est possible — cela se voit assez souvent.

S'il a pensé nous convaincre avec de pareilles raisons, il se trompe de tout au tout.

———

Il maugrée contre ce voyage à Nice qu'il se faisait tant de joie d'entreprendre. Il a dû même rester malade dans un hôtel pendant plusieurs jours, je n'en suis pas fâché ; il nous reviendra plus tôt.

Oh mon Dieu, pour ce que cela nous rapporte.

————

On a pris tellement l'habitude de rire de tout, qu'on ne s'entretenait qu'en plaisantant de l'indisposition du Président de la République : de braves naïfs pensent-ils peut-être que du mot *hépatique*, on a fait celui d'*épatant*.

J'étais là, je puis vous en parler savamment.

———

Il y a deux mois que le docteur m'a dit que ce serait l'affaire de huit à dix jours tout au plus : j'attends.

Tiens, c'est vous ; oh que j'ai eu peur !

———————

Il sait bien qu'il n'a rien à gagner à cela.

———————

Nous avons été obligés d'en venir-là, · pour avoir la paix.

Ça n'a pas eu lieu de nous surprendre, nous
nous y attendions.

———

De toute façon, nous n'irons jamais qu'au com-
mencement du printemps.

Oh moi, puisque vous me demandez mon opi-
nion, la voici : je suis de tout ce qu'on voudra...
Où ai-je donc mis mon tabac, ma pipe et mes
allumettes.

———

Vous allez voir qu'il va tout embrouiller.

Ce que j'ai dû rompre de lances pour en arriver-
là, vous ne vous en faites pas une idée.

————————

Aussi, avons-nous pris toutes nos précautions
pour que cela n'arrive plus.

Oh que vous êtes maladroit ; tenez, laissez-moi vous servir.

Il y aurait encore un bon coup de balai à donner dans cette chambre.

Oh, c'est bien, c'est assez bien... ce n'est pas mal... ce n'est pas trop mal... c'est simple... c'est assez gracieux... c'est un assez joli cadeau qu'il vous a fait là... il ne s'est pas ruiné.

Terrier à l'agriculture, quel nom d'à-propos, dites donc ; et Dupuy, quel joli nom d'*intérieur*. Quoi de plus profond que ce nom-là ?

A sa place, j'enverrai tout cela promener, et ça ne serait pas long, je vous promets.

———

Je m'acquitte toujours, rarement avec exactitude ; aussi, ce matin, quand je lui rendais la petite somme qu'il m'avait prêtée la veille, s'est-il écrié : « ·Vous avez donc fait un héritage ! »

Ce sont de ces petites choses dont on s'occupe en s'amusant, lorsqu'on n'a rien à faire. Regardez ce petit tableau, comment le trouvez-vous ? Et celui-ci que je commence seulement et que je préfère ; je crois qu'il viendra bien... Vous n'êtes pas dans son vrai jour : asseyez-vous là..., vous distinguerez deux petits pâtres sur le second plan : ce n'est pas trop mal pour un amateur, qu'en dites-vous ? Oh j'en ai d'autres ; j'y prends goût et m'imagine même déjà, que je suis un professeur ; je donne des leçons de peinture à ma femme. Tenez, elle va vous le dire elle-même : la voici.

C'est une consolation de nous dire que les
revers de fortune ne pourront jamais nous atteindre,
ni vous, ni moi ; n'est-ce pas mon ami ?

———————

Est-ce que aviez besoin de vous moucher si fort,
j'avais dit que vous n'y étiez pas.

Et mon ami, on ne pense pas à tout : croyez-vous que s'il en était ainsi, je serais aujourd'hui, votre femme ?

———————

Et moi, comme un imbécile, j'attends là depuis une heure : je me rappelle seulement maintenant, que la maison a deux sorties.

Deux amis qui viennent de Paris tout exprès pour me voir ; c'était une raison que j'allais invoquer pour décliner votre aimable invitation à déjeuner ; mais vous m'avez écrit, souligné, que vous n'acceptiez aucune excuse ; je vous les amène donc et me permets de vous les présenter.

———

Tenez, tenez, mon ami, donnez-moi une prise et ne parlons plus de cela ; c'est trop triste !

N'êtes-vous pas ici chez vous; notre maison n'est-elle pas la vôtre ? et vous vous gênez depuis deux jours, au point de n'avoir pas osé demander tout ce dont vous pouvez avoir besoin : de l'eau, une serviette, du savon... Mais on va vous apporter tout cela mon ami, que ne le disiez-vous plus tôt.

C'est curieux tout de même de se rencontrer ainsi ; nous avons eu la même pensée, tous les deux, en même temps.

———

Craignant beaucoup l'humidité et ne voulant pas m'embarrasser d'un parapluie, je ne sors jamais quand il pleut ; ainsi, vous me trouverez toujours ces jours-là.

Ma femme a même rencontré la sienne, ce matin, au marché ; elles se sont dit quelques mots en passant ; mais enfin, ce n'est plus l'étroite amitié d'autrefois. Une espèce de gêne,... un autre chemin que nous prenons parfois, vous savez, que vous dirai-je moi. Je comprends très bien que l'on en cause ; que faire à cela.

Je vous donne cette nouvelle pour ce qu'elle vaut : c'est ma femme qui me l'a apprise.

───────────

Que cela ne vous étonne pas ; c'est dans le caractère marseillais, de vous couronner de fleurs aujourd'hui, et de ne plus vous reconnaitre, le lendemain.

Voyez-vous cette petite matine qui traverse la chaussée, au risque de se faire écraser.

———

Il fallait s'y attendre : il était clair comme le jour, que nous aurions de l'orage, avec un temps noir, comme celui-là.

Oh la jolie petite femme ! Tiens, Cadet qui la suit.

———

Sans avoir ce bonheur-là... ne pourrions-nous pas nous trouver aussi, dans *une position intéressante*, nous autres hommes ? Mais jamais, on ne l'entend dire de nous.

Et vous viendrez nous dire après ça, que vous êtes malade, vous ; allons donc.

———————

Et la goutte avec ça !... Mais aussitôt la découverte des ballons, je vous promets d'aller vous voir, à votre septième étage.

Voilà les gendarmes, filons ; allons nous battre plus loin ; tiens, nous oublions nos pistolets.

———

Qu'est-il donc devenu, celui qu'on appelait : « *la petite souris blanche ?* », on n'en entend plus parler... Elle a dû passer par le trou.

Je suis bien de votre avis ; nous ne pourrons jamais, jamais nous entendre, vous et moi.

——————

Il se fourre toujours partout, cet être-là ; on ne rencontre que lui.

La terre avait besoin de ça.

J'en suis venu là, mon ami, et pourtant personne, je vous le jure, n'était plus républicain que moi, sous l'empire.

———————

Je ne donne rien à la femme de chambre ; on la renvoie, le maître-d'hôtel me l'a dit. Elle part demain, je ne la reverrai plus.

www.ingramcontent.com/pod-product-compliance
Lightning Source LLC
Chambersburg PA
CBHW060828250626
47162CB00005B/1992